tredition®

www.tredition.de

AF197831

Jesus Maria Wohlgemuth & Sinsheim von Perleberg

Glaubst Du noch? Oder denkst Du schon?

Teufelszeug

© 2014 J.M. Wohlgemuth & S. von Perleberg
Umschlag, Illustration: S. von Perleberg

Verlag: Tredition GmbH, Hamburg

ISBN
Paperback   978-3-8495-9896-9
Hardcover   978-3-8495-9897-6
e-Book   978-3-8495-9898-3

Printed in Germany

MAHATMA GANDHI - Zitat

„Es ist meine feste Überzeugung, dass das heutige Europa nicht den Geist Gottes und des Christentums verwirklicht, sondern den Geist Satans.

Und Satan hat den größten Erfolg,

wo er mit dem Namen Gottes auf den Lippen

erscheint.

Europa ist heute nur noch dem Namen nach christlich.

In Wirklichkeit betet es den Mammon an."

Mahatma Gandhi

GÖTTER

Götter, gemacht für die Macht,
um Menschen zu regieren.
Auf keinen Fall die Macht,
die eigene zu verlieren

KREUZWEISE

(Für einen Piusbruder)

Der Pfarrer predigt

der Pfarrer schnäuzt

Göttlicher Auswurf

Christenkreuz

Der Pfarrer predigt

der Pfarrer schnäuzt

Bräunlicher Auswurf

Hakenkreuz

An beiden Kreuzen

klebt viel Blut

So er sie denn

verwechseln tut

Empörte Menge

Herren, Damen

Der Pfarrer predigt

Sieg Heil und Amen

DIE BEICHTE

(Für den Ratz vom Petersplatz)

Ein kleiner Bub im Beichtstuhl sitzt.
Bei seiner Beichte stöhnt und schwitzt
der Pfarrer nebendran.

Was du getan, ist eine Sünde,
erklärt der fromme Mann dem Kinde,
doch Ablass ich gewähren kann.

Komm, schnell auf meinen Schoss gesetzt
und in Herrn Jesu Namen:
wenn ich mit Samen dich benetzt,
sei dir vergeben. Amen.

DER NEUE PAPST

(Für den Erzbischof aus B.A.)

Es pupst der Papst

Die Fenster auf

um Morgenluft zu wittern

Es pupst der Papst

Der Herrgott lacht

Die Kardinäle zittern

Es pupst der Papst

Man riecht es nicht

und stellt sich taub und blind

Es pupst der Papst

Der Herrgott weint

Es ist ein lauer Wind

Habemus papam

HEILIGER STUHL

Die Not ist groß
Erlösung eilig
Ein Schiss erleichtert
Der Stuhl ist heilig

DER ANDERE LUTHER

Hexenwahn und Judenhass

Dies kam Luther sehr zupass

Scheiterhaufen Bauernhängen

Darauf tat Herr Luther drängen

So soll's sein predigte Luther

Alles gut, alles in Butter

War er töricht? War er Narr?

Oder Hetzer und Barbar?

Seine Jünger Ignoranten

Seine Jünger Protestanten

SAUFNASE

Predigte Wasser und trank Wein.
Fuhr Auto. Laut Bericht
Eins Komma Fünf Promill im Blut.
Besoffen nennt man's schlicht.

Gab Amt und Pöstchen schnell zurück.
So wahrt man sein Gesicht.
Doch hätt' sie auch so reagiert,
hätt' man sie *nicht* erwischt?

Wer weiß, wie oft sie blau schon fuhr.
Niemand darüber spricht.
Nein, nein. Ein Ausrutscher war's nur.
Den Käs' man glaub ich nicht.

Nein, nein. Ein Ausrutscher war's nur.
Den Käs' man glaub ich nicht.

UND GOTT?

Bist allein Du, bist Du traurig.
Ewig schmerzt Dich der Verlust,
wenn am Frühstückstisch Du einsam
an den Liebsten denken musst.

Goldene Hochzeit welch ein Fest.
Ihr stelltet Euch drauf ein.
Ein Extra – Sparbuch angelegt.
Doch sollte es nicht sein.

Warum wurde Dein Gatte krank
und konnte nicht genesen?
Deine Gebete und Dein Flehen
sind die umsonst gewesen?

Verzweifelt fragst Du Dich: Warum?
Warum Gott solches tut?
Ist er denn nicht allmächtig,
gerecht nicht und nicht gut?

Lenkt er der Menschen Schicksal nicht,
führt nicht durch schwere Stunden?

Gott schuf die Menschenkinder nicht,
die haben IHN *erfunden*.

SÄKULAR

Der deutsche Staat ist säkular.
So steht's im Grundgesetz.
Er treibt die Kirchensteuer ein.
Verfassung als Geschwätz.

Der deutsche Staat ist säkular.
So steht's im Grundgesetz.
Er zahlt dem Bischof Lohn und Brot.
Verfassung als Geschwätz.

Der deutsche Staat ist säkular.
So steht's im Grundgesetz.
Staatlich neutral Schulunterricht
mit biblischem Geschwätz.

Der deutsche Staat ist säkular
im Wort, nicht in der Tat.
Zu Kreuze kriecht man diesem Kreuz.
Deutschland als Kirchenstaat.

BESCHNITTEN

Hoppe Hoppe Reiter,
wir waren beim Beschneider.
Der Bub hat stark gelitten,
doch ist jetzt fein beschnitten.
nach alter Tradition.
Mein braver kleiner Sohn

Hoppe Hoppe Reiter,
wir waren beim Beschneider.
Der Junge der hat Schmerzen.
Das geht mir sehr zu Herzen,
auch seine Infektion.
Mein armer kleiner Sohn

Hoppe Hoppe Reiter,
wir waren beim Beschneider.
Erlaubt von den Gesetzen,
tat der den Bub verletzen.
Das Blut färbt alles rot.
Mein kleiner Sohn ist tot

<u>MUTTER</u>

Einsam saß sie in der Wohnung,
einsam war sie und allein.
Wollte sie sich unterhalten,
schnäuzte sie ins Tuch hinein.

Lebte sehr zurückgezogen,
scheu war sie und ängstlich auch.
Mann vor Jahren schon verstorben.
Schmerzen spürten
Kopf, Herz, Bauch.

Hat vier Kinder groß gezogen,
eine Tochter, Söhne drei.
Später sind sie ausgeflogen.
Was vorbei ist, ist vorbei.

Ihre erste Jugendliebe
blühte auf,
doch nur im Traum.
Sehnsucht war ihr Wegbegleiter,
füllte ihr den leeren Raum.

War im Kopf total verschroben,

war verwirrt,

verletzt,

allein.

Schließlich ward sie abgeschoben,

abgeschoben

in ein Heim.

Kam nie mehr zu sich,

nach Hause.

Niemals mehr zum Heimatort.

Ihre Tochter

überfordert,

ihre Söhne

blieben fort.

Ihre Augen

voller Tränen

und ihr Herz

vor Kummer schwer.

Wird es Dir heut besser gehen?

Oder lebst Du gar nicht mehr?

DER ENKE

Der Enke starb,
lag auf dem Gleis,
von Rädern überrollt.

Den Rummel,
der nun folgen sollt,
hätt' er ihn so gewollt?

Er war,
so heißt es, depressiv,
ganz feinfühlig und zart.

Mit viel Tam Tam
zur Schau gestellt,
im Stadion aufgebahrt.

Zigtausend Leute nahmen teil
Die Presse sorgte für ein Beben.

Hätt' Enke noch einmal die Wahl,
wär er dann noch am Leben?

GLADIATOREN

(Für Tom Simpson)

Sie kämpfen
verlieren

Sie dopen
gewinnen

Sie dopen
erkranken

Sie dopen
und sterben

Lass sie doch

DAS HIRN

(Für Professor Kirste und seine Opfer)

Motorradfahrer. Autobahn.

Leicht weggerutscht. Zu schnell gefahren.

Noch an den Fahrbahnrand gekrochen.

Bewusstlos dort zusammengebrochen.

Im Portemonnaie steckt, wie man's nennt,

ein Spenderausweisdokument.

Ist erst ein Mensch in großer Not,

geht es um Leben oder Tod

Der Notarzt stellt lakonisch fest:

Es braucht jetzt einen Hirntodtest.

Im Helikopter fortgebraust.

Zur Unfallklinik hingesaust.

Zur Notaufnahme flitzen sie,

die Götter aus der Chirurgie.

Hippokrates den Eid geschworen,

zum Test gespült Patientenohren

mit kaltem Wasser vier Grad plus.

Das Hirn denkt, das ertrinken muss,

der, dem die Ohr'n sind vollgelaufen.

Der will ganz sicher nicht ersaufen

und muss doch somit irgendwie

vor Schreck sich wehren gegen die

erlittene Spülprozedur.

Tut er es nicht, wahrscheinlich nur,

weil sein Gehirn nicht reagiert.

Vielleicht ist es schon abgeschmiert.

Doch regt sich nichts hinter der Stirn,

ist es vermeintlich tot, das Hirn.

Es werden Nadeln angesetzt.

Die Nasescheidewand verletzt.

Ein Reiz der Nerven völlig klar,

wie selten einer stärker war.

Ganz leblos liegt er, der Patient.

Wie man es nur von Toten kennt.

Und regt sich nichts hinter der Stirn,

ist höchstwahrscheinlich tot, das Hirn.

Von der Maschine zwangsversorgt
mit Sauerstoff, gepumpt, geborgt.
Nun will man wissen, ob er dann
noch o h n e Hilfe atmen kann.

Den Atemschlauch kurz abgezwickt,
die Notversorgung unterdrückt.
und zehn Minuten warten.
Jetzt sollt die Atmung starten.

Na los, fang schon zu atmen an,
sonst ist es aus, das war es dann.
Doch regt sich nichts hinter der Stirn,
ist ziemlich sicher tot, das Hirn.

Die Vorschriften verlangen nun,
die Tests ein zweites Mal zu tun.
Ein andres Team müsst bitte sehr
so in zwölf Stunden dafür her.

Doch die Doktoren sind entsetzt,
das Herz, die Lunge braucht man jetzt.
Es hoffen zwei Patienten,
die sonst erbärmlich enden.

Ist dieser hier verstorben,

ist alles schnell verdorben.

Man kann zwar noch sezieren,

doch nicht mehr transplantieren.

Zwölf Stunden warten, schlechter Rat.

Man schreitet hier und jetzt zur Tat.

Ein Schnitt, das Blut rinnt rot und warm

über des Doktors Unterarm.

Ein zweiter Schnitt, ein leichtes Zucken.

Ein Assistent fängt an zu mucken,

Es spricht ganz leis der Assistent,

das man das Muskelzucken kennt

als sicheres Lebenszeichen.

Man fordert ihn zu reichen,

die muskellähmende Mixtur

denn Muskelzucken stört doch nur

beim Schneiden durchs Gewebe.

Ist alles in der Schwebe.

Denn wenn man ein Organ verletzt,

fragt sich, wer dieses dann ersetzt.

Der Assistent bestimmt nicht
So bleibt er still, benimmt sich
im Sinne der Doktoren
und Spende-Professoren

Sie bringen den Patienten um,
ganz ohne ein Narkotikum.
Es regt sich nichts hinter der Stirn,
hundertprozentig tot das Hirn

Der Spender hoch geachtet,
gleichwohl auch ausgeschlachtet.
Doktoren ernten Ruhm und Ehr,
dazu erkleckliches Salär.

Und die Moral von der Geschicht:
Gib gerne Geld, Organe nicht.

GEORGE W. BUSH - Zitat

„Dieser Kreuzzug,

dieser Krieg gegen den Terrorismus

wird einige Zeit dauern"

George W. Bush

PROPAGANDA

Sender Gleiwitz
wurde von
polnischen Freischärlern
überfallen

KRIEG!

Die Twin Towers
wurden von
islamistischen Terroristen
zerstört

KRIEG!

KARL ROVE - Zitat

Wir sind jetzt ein Imperium,

und wenn wir handeln,

dann erschaffen wir unsere eigene Wirklichkeit.

Und während Sie unsere Realität untersuchen

– so aufrichtig, wie Sie nur wollen-,

kreieren wir schon wieder neue, andere Realitäten.

Die können Sie dann freilich auch studieren.

So läuft das.

Wir sind die Akteure in der Geschichte,

und ihr könnt hinterher alles schön untersuchen.

Karl Rove,
Berater von George W. Bush,
zu einem Journalisten

ARABISCHER HERBST

Islamischer Staat
Waffen liefern
Saudi Arabien
und Qatar

Saudi Arabien
und Qatar
Waffen liefert
Deutschland

Dummheit?
Berechnung?

Geschäft!

Schon verrechnet

HENRY KISSINGER - Zitate

"Das Illegale erledigen wir sofort,

das Verfassungswidrige dauert etwas länger."

"Globalisierung
ist nur ein anderes Wort für
US-Herrschaft."

Henry Kissinger

STRASSENTRAMPEL

Sind Straßentrampel unterwegs.
Der deutsche Michel spinnt.
Es trampelt hier Pegida,
da, die dagegen sind.

Was soll denn das Getrampel
auf Plätzen und auf Straßen?
Der Asphalt wirft auch ohne euch
schon längst genügend Blasen.

Es ist doch völlig einerlei,
wieviel dafür, wieviel dagegen laufen.
Ihr könntet euch genauso gut
in Kneipen setzen und besaufen.

Im kleinen Kreis und presselos
tritt heimlich wer Entwicklung los
(die keiner dann beherrschen kann)
Trampel nur weiter, kleiner Mann.

Was widerfährt euch hier hernieden,

ist andernorts schon längst entschieden,

ist andernorts ersonnen und erdacht.

Ihr trampelt auf den Straßen rum,

doch ihr habt keine Macht.

WAHLZEIT

Man sieht
Köpfe
auf
Plakaten
Wahlplakaten

Plakate
flach
wie
Programme
Wahlprogramme

Plakate
auf
Säulen
Litfaßsäulen

Innen hohl
wie die Köpfe

DIE SAUBERMÄNNER
MIT DEN WEISSEN WESTEN

Ein Mann. Ein Parteimann. Ein Saubermann.

Dieser Mann stellt sich. Er wird gestellt.

Er wird von seiner Partei zur Wahl gestellt.

Und nun steht er.

Neben anderen Männern. Aus anderen Parteien.

Neben Männern, die von den anderen Parteien zur Wahl

gestellt werden.

Sie sind manierlich gekleidet und haben freundliche

glatte Gesichter.

Unterm Jackett tragen sie eine weiße Weste.

Eine saubere weiße Weste. So sagt man.

Die tragen sie und stehen zur Wahl. Für ein Amt.

Ein Regierungsamt. Dafür brauchen sie eine Weste.

Jeder von ihnen braucht eine. Eine saubere weiße Weste.

Der Wähler liebt saubere weiße Westen.

Der Wähler ist richtig heiß darauf.

Auf weiße Westen ist er richtig heiß.

Er wünscht sich Regierungsamtmänner mit weißen Westen. Das wünscht er.

Nicht alle zur Wahl gestellten Parteimänner, nicht alle Saubermänner können ein Amt bekommen. So viele Ämter hat es nicht. Der Wähler soll entscheiden. Welche Weste ist noch weißer als weiß? Wer weiß?

Von dem einen Parteimann wird behauptet, er hat… So sagt man. Dieser Mann hat. So liest man. So hört man. Dieser gestellte, zur Wahl gestellte Mann hat Flecken auf der Weste. Kleine Flecken. Dreckspritzer. Kleine fleckige Dreckspritzer. So sagt man. Hat er wirklich? Oder hat er nicht? Hat er oder hat er nicht? Der Wähler erkennt nicht genau, ob die Weste weiß ist. Der Wähler kann es nicht erkennen. Er kommt nicht heran. Nicht nah genug heran. Nicht immer nah genug heran. Und wenn, dann ist die Weste ja auch noch bedeckt. Verdeckt und versteckt. Unterm Jackett. Gut versteckt und verdeckt. Auch verdreckt?

Das sieht der Wähler nicht.

Ist die Weste sauber und weiß?

Oder dreckig und fleckig und speckig?

Hat der Parteimann, der Saubermann ?

Oder hat er nicht?

Der Wähler erkennt es nicht.

Der Wähler ist nicht blind.

Aber die Entfernung, das Jackett und alles.

Der Wähler fordert: Ausziehen!

Das Jackett ausziehen.

Aber nicht doch. Wehrt sich der Parteimann.

Nicht doch. Wehrt sich der Saubermann.

Ich will mich doch nicht bloßstellen.

Ich will mich doch bloß stellen.

Bloß zur Wahl stellen.

Da streift ihn sein Nebenmann.

Da streift ihn sein Nebenmann, der Saubermann aus
einer anderen Partei.

Streift ihn und zupft ein klein wenig am Jackett.

Und das Jackett rutscht etwas hoch.

Ein klein bisschen nur.

Etwas mehr Weste ist jetzt zu sehen. Nur etwas mehr.

Und ein anderer Nebenmann.

Ein anderer Saubermann von einer wieder anderen Partei weist triumphierend mit dem Finger auf die zum Vorschein gekommenen kleinen Punkte.

Da! Da! Und da!

Der Wähler staunt. Der Wähler raunt.

Der Wähler raunt und staunt.

Aber. Stottert der Parteimann, der jetzt plötzlich das schwarze Schaf sein soll. Aber, das waren doch die Anderen. Die Anderen haben ihn beworfen.

Mit Dreck. Sagt er.

Deshalb die Spritzer. Die Spritzerchen.

Auf der Weste, der weißen. Der überwiegend weißen.

So sagt er.

Diese Spritzer hat nicht er verschuldet. Die Anderen.

Aus den anderen Parteien die.

Die, die nicht wollen, dass er gewählt wird.

Die haben nach ihm geworfen.

Haben den Dreck auf ihn geschleudert.

Mit Dreckschleudern.

Mit Lügen verbreitenden Dreckschleudern.

So sagt er.

Aber sie trafen ihn nicht.

Sie haben ihn gar nicht getroffen. So denkt er.

Nur die paar Spritzer.

Diese winzig kleinen Dreckflecke hat er jetzt auf der

Weste. Kaum zu sehen.

Schon gar nicht auf die Entfernung.

Schon gar nicht unterm übergestreiften Jackett.

Schwamm drüber. Bittet er. Schwamm drüber, ja?

Der Mann. Der Parteimann.

Der zur Wahl gestellte Parteisaubermann sagt,

ein Schwamm wird ihm gut tun.

Ein Schwamm wird ihn rein waschen.

Nichts da!

Die anderen Parteimänner.

Die anderen zur Wahl gestellten Saubermänner aus den

anderen Parteien sagen: Nichts da!

Das hätte er wohl gern. Schwamm drüber. Von wegen:

Dreckfleck weg. Dreck weg.

Und warum? Weil er selbst, sich selbst besudelt hat.

Ganz allein hat er. Sagen die Anderen.

Da fragt sich der Wähler: Hat er oder hat er nicht?

Haben ihn die Anderen oder haben sie nicht?

Hat er oder nicht?

Nein. Er kann ja gar nicht. Er kennt doch die Gesetze.

Die kennt er doch. Er weiß doch, was er darf und was nicht. Das weiß er doch genau.

Genau! Er weiß es. Er kennt die Gesetze.

Aber kennt er nicht auch die Schleichwege?

Die verborgenen Wege im Dickicht der Gesetze.

Die kennt er doch auch.

Vielleicht war das Dickicht nicht ganz blickdicht.

Vielleicht war etwas zu sehen vom im Verborgenen Geschehenen.

Aber nein. Aber nein. So soll es soll es doch nicht sein.

So doch nicht.

Er ist doch so nett und so freundlich und so sympathisch und so nett. Und die Weste ist fast sauber.

Dort, wo sie nicht vom Jackett bedeckt ist.

Blütenweiß auf die Entfernung.

Und im Gestrüpp hätte er sie bestimmt zerrissen.

Ganz bestimmt. Aber wenn er den Weg kennt?

Wenn er den Schleichweg kennt?

Dann ist er vielleicht geschickt den Dornen
ausgewichen. Hat sich aalglatt hindurchgewunden
durchs stachelige, dornige Gestrüpp.

Hat er oder hat er nicht? Überlegt der Wähler.
Hat er oder hat er nicht?
Ausziehen! Ruft der Wähler.
Sofort das Jackett ausziehen!

Aber die Anderen!
Ruft der Parteimann, der jetzt das schwarze Schaf sein
soll. Die Männer aus den anderen Parteien haben doch
auch. Die haben doch selbst.
Schweigen. Eisiges Schweigen.
Schweigen beim Wähler.
Schweigen auch bei den Männern.
Bei den gestellten, zur Wahl gestellten Männern.
Die zur Wahl gestellten Männer blicken betroffen zu
Boden oder zu dem Einen, der das schwarze Schaf nicht
sein will.
Zu Boden oder zu dem Einen.
Zum Wähler verirrt sich kein Blick.

Und der Wähler überlegt. Wie denn nun? Was denn nun?

Sind sich die Parteimänner, die zur Wahl gestellten Saubermänner verschiedener Parteien etwa schon auf den Schleichwegen begegnet?

Haben sich ihre Schleichwege gekreuzt?

Das wäre ja. Wenn es so wäre, das wäre ja …

Ausziehen! Brüllt der Wähler.

Alle ausziehen! Brüllt er.

Runter mit den Jacketts! Alle!

Ausnahmslos alle!

Da stürzen sich die Männer, stürzen sich die Parteimänner, die von den verschiedenen Parteien zur Wahl gestellten Saubermänner aufeinander.

Auf den Wähler und aufeinander.

So nett und so freundlich und so sympathisch und so aufeinander.

Und reißen sich die Jacketts, reißen sich die Westen, reißen sich die Jacketts mitsamt den Westen herunter und treten die Jacketts und die Westen in den Dreck.

Und keiner kann mehr erkennen, wessen Weste sauber war.

Kein noch so scharfsichtiger Wähler.

Keiner kann es mehr erkennen.

Nur Blut sieht man. Ja, auch Blut.

Denn die Parteimänner sind nicht gerade liebevoll

umgegangen. Miteinander nicht und mit dem Wähler

gleich gar nicht.

Nicht gerade liebevoll. Kein bisschen liebevoll.

Und dabei waren sie doch alle so nett und so freundlich

und so. Sie waren so manierlich gekleidet.

Und was nun? Wen nun wählen?

Sie hatten doch alle mit freundlichem Lächeln und

geschlossenem Jackett gesagt: Seht her.

Unsere Westen sind weiß. Schneeweiß.

Vielleicht war da wirklich eine weiße Weste.

Wenigstens eine. Vielleicht.

Wie soll man das jetzt noch feststellen?

Wen soll man denn jetzt wählen?

Wem soll man denn nun vertrauen?

Kann man denn diesen Männern überhaupt trauen?

Kann man diesen zur Wahl gestellten Saubermännern

vertrauen?

Kann man jemals von Parteien zur Wahl gestellten

Männern trauen?

Wer von ihnen trug eine weiße Weste? Wer?

Da sagt einer von ihnen.

Einer von den zur Wahl gestellten Männern,

vielleicht ist es sogar der, der nicht das schwarze Schaf

sein wollte, der sagt zum Wähler:

Ist doch egal, ist doch wirklich völlig egal.

Denn nach der Wahl,

bei der Arbeit, bei der anstrengenden

Schweiß treibenden Regierungsarbeit.

Da werden sie sowieso dreckig, die Westen.

So oder so.

UNGLÄUBIG

Marek schraubte den Deckel auf die fast quadratische kleine Flasche. Er ließ das Fläschchen in die Innentasche seiner Jacke rutschen, verschloss die Tasche mit einem Druckknopf, rückte seine Mütze zurecht und schritt auf das Rolltor zu.

Ein Rolltor, das fast die gesamte schmale Seite der Halle einnahm und bis zum Hallendach hochgezogen werden konnte. Jetzt aber war es herabgelassen. Nur die Tür in dem Rolltor, die war offen.

In dieser Tür stand ein Mann, bekleidet mit einem schwarzen Hemd und einer schwarzen Cordhose, die von extra breiten Hosenträgern gehalten wurde. Mit dem goldenen Ohrring und dem Zollstock in der Seitentasche erinnerte er an einen Zimmermann. Der Mann hieß Müller.

Müller lehnte mit vor der Brust verschränkten Armen am Türrahmen und kaute auf einem Zahnstocher herum. Er füllte die Türöffnung komplett aus, gab den Blick nicht frei. Nicht zu sehen, was in der riesigen Halle passierte. Für Marek nicht zu erkennen. Mareks Schritte wurden immer kleiner. Müller rührte sich nicht. Zwei, drei Meter vor der Tür blieb Marek stehen.

„Bist Du der Neue?" wollte Müller wissen. „Krzyskowski", sagte Marek, „aber Sie können Marek sagen."

„Das entscheide ich später." antwortete Müller, ohne dass sich sein Mund bewegte. Nur der Zahnstocher wippte auf und ab. „Du kommst spät."

Marek erklärte: „Ich hatte gestern ..." Müller unterbrach ihn: „Was hast Du bisher gemacht?" Marek sagte: „Zuletzt war ich bei..."

Müller spuckte den Zahnstocher aus, machte einen Satz auf Marek zu, grapschte nach dessen Halskette. Er zog die Kette aus Mareks Hemdkragen, sah auf ein Medaillon: „Was ist *das* denn?" Erschrocken schlug Marek dem Mann das Bildnis aus der Hand, wich einen Schritt zurück. Er ließ den Anhänger wieder in seinem Hemd verschwinden: „Das ist Maria. Jungfrau Maria."

Müller fing an zu glucksen:„Ju..., Ju..., Ju..." Das Glucksen wurde zum dröhnenden Lachen: „Jungfrau!" Müller schlug sich mit der flachen Hand auf den rechten Oberschenkel: „Ach, du heilige Einfalt." Dann drehte er sich weg, stiefelte in die Halle. Im Gehen wandte er seinen Kopf ein Stück zur Seite, lachte über die Schulter: „Na, dann komm - Du Jungfrau."

Marek schaute auf den mächtigen Rücken. Dann trippelte er hinterher, bemüht Schritt zu halten. „Brett zu!" donnerte Müller. Marek eilte zurück, schloss die Tür, kehrte um und starrte in die Halle. Eine gemauerte, mit grauer Ölfarbe gestrichene Zwischenwand teilte die Halle längsseits.

Mehrere Türen in der Zwischenwand führten in benachbarte Räume. Büro, Materiallager, Umkleidekabine, Pausenraum.

Der weitaus größere Teil jedoch, jener Teil, an dessen einem Ende Marek stand, war Werkstatt. Voll gestellt mit einer Unmenge an Maschinen. Pümpchen, die man hätte in der Jackentasche verschwinden lassen können. Kompressoren, die fort zu bewegen sicherlich zwei Kerle von Müllers Statur tüchtig ziehen mussten.

Die größte Maschine stand gleich hier am Eingang der Werkstatt. So riesig, das alles, was mehr oder weniger zerlegt hinter ihr auf dem mit Steinfliesen gekachelten Hallenboden lagerte, wie Spielzeug wirkte.

Marek stand mit offenem Mund. Dann wurde ihm schwarz vor Augen. Von der Seite hatte sich Müller in Mareks Blickfeld geschoben, verdeckte die Maschinen: „Willst Du hier Wurzeln schlagen?" Marek stotterte: „Nein...Nein...Es ist nur... "

Müller drehte sich um und schrie in die weite Halle hinein: „Murat!" Nichts rührte sich. Marek sah beeindruckt auf Müllers Stiernacken. „He Murat, du taube Nuss!" brüllte Müller noch einmal aus Leibeskräften. Marek spähte so gut es ging an Müller vorbei, konnte niemanden entdecken.

„Komm her, hab hier einen Betbruder für Dich." Ganz hinten öffnete sich einen Spalt breit eine der Türen in der Seitenwand. Ein unscheinbares kleines Wesen zwängte sich hindurch und humpelte den Beiden entgegen: „Was geben, Master? Was passieren?"

Müller, dessen Mundwinkel sich bei der Anrede Master in die Breite zogen, deutete mit dem Kopf auf Marek. Dann sagte er jedes einzelne Wort betonend:

„D a. U n s e r N e u e r. E i n e J u n g f r a u." Bei dem Wort Jungfrau gluckste Müller wieder. Dann befahl er: „Zeig ihm alles, dann soll er Marianne auseinander nehmen! Verstanden?!" Murat schaute angestrengt durch seine dicken Brillengläser. Müller raunzte: „Verstanden?!"

Als Murat nickte, ließ Müller die Beiden stehen und verschwand durch eine weit geöffnete Tür in sein Büro.

Müller fasste die Türklinke und wollte die Tür zu ziehen. Die Tür schleifte über den Hallenboden, die Klinke glitt ihm aus der Hand. Müller ließ die Tür offen stehen. Das Büro bestand aus einem wackligen, hölzernen Schreibtisch, auf dem ein Telefon mit Wählscheibe neben einer klapprigen Schreibmaschine stand. In der Ecke hinter dem Schreibtisch ein schmales Regal mit einer Handvoll Ordnern und wenigen Büchern.

Müller griff zum Telefonhörer, wählte eine Nummer. Er wartete ein Weilchen, legte auf, wählte erneut. Er knurrte: „Komm schon, geh ran!" Aber nur das Freizeichen war zu hören. Müller warf den Hörer auf: „Verdammt!"

In der Halle fragte Marek: „Wer ist Marianne?" Murat überhörte die Frage, murmelte: „Ich ihn töten." Dann streckte er dem Neuen seine Hand hin: „Murat. Und du?" Marek griff die Hand, spürte den festen Händedruck des Älteren: „Ich bin Marek. Wen willst Du…?" Murat musterte ihn eine Weile, nickte schließlich und sagte: „Kommen mit." Dann wackelte er los, verschwand durch die Tür, durch die er vor wenigen Augenblicken die Werkstatt betreten hatte.

Marek folgte ihm und betrat eine kleine, fensterlose Kammer. „Machen zu." bat Murat und schaltete eine kleine Lampe an. Marek schloss die Tür. Murat flüsterte: „Er hassen uns. Hassen Ausländer." Marek lächelte: „Ich bin kein Ausländer." Murat fragte: „Wie Name?"

„Marek." erhielt er zur Antwort und fragte erneut: „Marek wie?"

Marek errötete:„ Krzyskowski. Mein Opa kam schon vor Ewigkeiten." Murat winkte ab, entblößte seine lückenhafte Zahnreihe: „Er hassen uns."

Dann zog er den Vorhang zur Seite, vor dem er die ganze Zeit gestanden hatte und deutete auf den Fußboden: „Sehen hier."

Marek sah einen Teppich. Murat bückte sich und zupfte an einer Kante des Teppichs. Eine Hälfte bewegte sich, die andere blieb liegen. Murat erklärte: „Kommen rein. Ich beten. Nehmen Messer und - ratsch! Teppich kaputt." „Aber warum?", fragte Marek, „Warum hat er das ...?"

„Warum? Warum?" echote Murat und fügte die beiden Teppichhälften wieder zusammen, „ Weil wir anders. Er hassen uns. Glauben du Allah, er sagen Spinner. Glauben du Jesus, er sagen Spinner. Er hassen uns." Marek schüttelte den Kopf: „Glaubt er denn nicht an Gott?" Murat kam ein Stück näher: „Er Teufel. Glauben nichts."

Noch etwas näher kam Murat, schnüffelte an Marek herum: „Du trinken?" Marek wich zurück: „Nein, nein!" „Ich riechen", erklärte Murat, „Du Bier und Schnaps. Haram!" Marek beschwichtigte: „Nur ganz wenig." Murat nahm seine Brille ab, putzte die Brillengläser am Vorhang: „Große Sünde. Du glauben an Gott?"

Marek antwortete leise: „Ja." Murat setzte die Brille wieder auf, sah Marek durchdringend an: „Gehen in Kirche?" Marek nickte. Murat bohrte weiter: „Und trinken Bier und Schnaps?" Marek sagte: „Gestern. Beim Pokern. Ganz wenig." Murat setzte nach: „Glücksspiel?" Marek wurde rot: „Ja, aber ..." Murat winkte ab: „An welchen Gott Du glauben?"

Die Tür flog auf. Müller polterte los: „Hab ich's mir doch gedacht. Da draußen ist noch kein Handschlag gemacht und hier drinnen werden die Rosenkränze geschwungen. Wenn ihr nicht gleich loslegt, werdet ihr mich kennen lernen."

Müller sah zu den Maschinen hinüber: „Bis zum Mittag ist Marianne zerlegt und Du Murat knöpfst Dir Klara vor. Mendelsohn soll eine Eins-a-Maschine vorfinden. Klar?"

Er deutete auf den Teppich: „Und wenn der Lappen hier noch lange rumliegt, fliegt er mitsamt seinem Besitzer raus. Verstanden?" Müller machte auf dem Absatz kehrt, zischte „Teppichklopfer, islamischer!" und verließ den Raum.

Marek beugte sich zu Murat: „Wer ist Klara?" Murat flüsterte ihm ins Ohr: „Er geben Namen von Frauen. Blaue Pumpe in Mitte heißen Marianne und Klara sein

Maschine vorn am Eingang." Marek blickte in die Werkstatthalle: „Sind ja zum Teil Mordsapparate."

Murat erklärte: „Aus alten Kraftwerken. Wir nehmen auseinander, machen ganz, malen neu und verkaufen."

Marek fragte: „Und wie heißt er?" „Müller. Ich nennen nie so, sagen immer Master." Murat kratzte sich am Kopf: „Jetzt los, holen Werkzeug."

Murat bugsierte Marek aus dem kleinen Raum, löschte das Licht, betrat die Halle und machte die Tür leise zu. Dann stupste er Marek an: „Gehen, gehen. Bis Mittag nicht viel Zeit." Marek blickte fragend: „Wo ist das Werkzeug?" Murat wies den Weg: „Hinter der blauen Pumpe in Lager, schon im Wagen. Gehen, gehen. Ich kommen nach." Marek lief vornweg, Murat hinkte hinterher.

Im Lager standen Regale mit Werkzeug und Ersatzteilen. Davor vier, fünf Werkzeugwagen nebeneinander. Jeder auf gummibereiften Rädern und mit Griffstangen auf den schmalen Seiten. Marek packte einen Wagen und schob ihn in die Halle. Er stellte ihn an der blauen Pumpe ab und holte noch einen zweiten.

Murat war heran, übernahm den zweiten Wagen: „Fangen Du hier an. Ich schauen nach Maschine am Rolltor." Marek nickte: „Geht klar." Er betrachtete die blaue Pumpe, überlegte, welche Werkzeuge er benötigen würde, um sie in ihre Einzelteile zu zerlegen. Er öffnete die Schubladen seines Werkzeugwagens und inspizierte das Werkzeug. Alles fein säuberlich einsortiert. Verschiedene Schraubenschlüssel und einen Dreiarmabzieher räumte Marek auf die Arbeitsplatte des Wagens neben dem fest installierten Schraubstock.

Er schob den Werkzeugwagen noch näher an die Pumpe heran. Dann zog er seine Jacke aus, legte sie quer über die Arbeitsplatte. Aus einer der Schubladen nahm er zwei Putzlumpen, breitete sie übereinander auf den Hallenboden aus und kniete sich darauf.

Marek griff das Werkzeug, schraubte und drehte, ruckelte und zuckelte, fluchte und fuchtelte, zerrte, drückte und schwitzte und hatte endlich den Motor vom Pumpenkörper getrennt. Mit dem Handrücken wischte er sich den Schweiß von der Stirn, zog sich am Werkzeugwagen nach oben, nestelte die kleine Flasche aus seiner Jacke und nahm einen Schluck.

Im Büro schnappte sich Müller noch mal das Telefon, wählte mit zittrigen Fingern Mendelsohns Nummer: „Aah, endlich. Guten Tag, Herr Mendelsohn. Müller hier. Ich hatte schon befürchtet, ich erreiche Sie nicht. Ich will Sie auch nicht lange aufhalten, nur sagen, dass Sie sich übermorgen die Maschine anschauen ..."

Müller ging auf und ab, stöhnte in den Hörer: „Wie? Heute? Schlecht. Ganz schlecht, Herr Mendelsohn." Er starrte durch die immer noch halb offene Tür zu den Maschinen und wiederholte mit immer leiser werdender Stimme Mendelsohns Worte: „ Ach so. Sie sind heute nach Mittag sowieso ... in der Stadt... sonst kein Interesse mehr..."

Müller legte auf, lehnte sich gegen die Wand, murmelte: „Aber ich brauche das Geld..." Seine Hand hatte sich in der Schnur des Telefonhörers verheddert. Müller entwirrte die Schnur, schob das Telefon an die Schreibmaschine heran.

Er ging zur Tür, stieß mit dem Fuß dagegen. Irgendetwas musste sich unter dem Holz der Tür verklemmt haben. Ein kleines Steinchen, ein Stück Blech vielleicht. Die Tür ratschte auf den Kacheln, bewegte sich kaum. Müller schob sich durch den Türspalt.

Plötzlich hörte Marek Geschrei. Müller tobte mit hochrotem Kopf vorn am Rolltor, tigerte um die Maschine Klara und den neben der Maschine am Steinboden kauernden Murat herum, fuchtelte wild mit den Armen. Marek verstand nicht, was Müller brüllte. Dann fummelte Müller an der Maschine. Murat stand auf und schlurfte schnell ein Stück von der Maschine weg.

Erst war es nur ein leises Surren, allmählich schwoll es zu einem lautem Brummen an. Ein Klopfen kam dazu und nach weiteren Sekunden erschütterte ein explosionsartiger Knall die ganze Halle in ihren Grundfesten. Wie nach einem Erdbeben wankte das alte Gebäude, ächzte bis hinauf zu den Dachbalken. Einige Balken bewegten sich sekundenlang beängstigend gegeneinander. Dann war es still.

Marek sah, dass sich Murat ganz vorsichtig der Maschine näherte. Gleichzeitig erhob sich Müller wie in Zeitlupe vom Hallenboden, richtete sich auf. Einen Augenblick lang standen sich die Beiden gegenüber. Rechts von der Maschine Murat, eine Hand in der Hosentasche, die andere umklammerte einen Schraubenschlüssel. Auf der anderen Seite Müller, der ein bisschen zusammengesunken wirkte, dessen Beine ein wenig zitterten, mit einer Hand sein Gesicht betastend. Sein Blick schweifte über geborstene Teile der Maschine.

Dann schaute er in Mareks Richtung, stapfte auf ihn zu. Marek duckte sich hinter den Werkzeugwagen, hörte Müller rufen: „Kowalskiii! He, Kowalski, hier her!" Vor Mareks Werkbank angekommen, keuchte Müller: „Vielleicht bist Du ja nicht ganz so dämlich wie der Kanak. "

Marek stand auf und sagte in ruhigem Ton: „Mein Name ist Krzyskowicz, Herr Müller. Marek Krzyskowicz." Müller zog die Augenbrauen hoch: „Quatsch keine Opern, komm mit nach vorn. Retten was zu retten ist."

Marek deutete neben sich: „Und *die* Pumpe?" Müllers Augen blitzten: „Scheiß drauf, Gott verdammt noch mal! Da vorn die Maschine muss fertig werden. Wenn der Geldsack kommt, muss Klara schnurren wie ein Kätzchen. Pack deinen Kram und komm mit."

Müller wirbelte herum, stürmte wieder in Richtung Rolltor. Dort redete er auf Murat ein. Marek räumte sein Werkzeug in den Wagen und schob ihn nach vorn.

Als er bei der großen Maschine eintraf, schnauzte Müller ihn an: „Der schnellste bist Du ja nicht gerade, Kreuzkopp oder wie Du heißt." Marek wollte etwas erwidern, Müller winkte ab: „Jetzt rede ich. Sieh her. Wir müssen das Gehäuse öffnen, damit wir an die Welle kommen. Murat wird dort drüben anfangen. Ich hoffe für ihn, dass er kapiert hat, was er machen soll. Du schraubst hier den großen Deckel ab, hebst ihn sachte mit dem Stapler herunter. Aber Vorsicht! Nicht das sich was verzieht." Müller lief um die Maschine. Im Gehen rief er Marek zu: „Alles klar, Kreuzkopp?" und verschwand Richtung Büro.

Marek wartete, bis Müller hinter der Tür verschwunden war, ging zu Murat auf die andere Seite. Dieser erklärte: „Klara war fast fertig. Fehlen nur noch anziehen Schrauben, auffüllen Öl und schmieren Nippel. Sonst alles trocken und Reibung. Master wollen nicht warten. Ich sehen, ein Stück vom Wellenkranz lose. Ich sagen Master, er nicht hören. Schreien mich an, gehen zu Schalter. Ich gehen weg, lautes Geräusch und Krach. Motor stehen. Welle fest. Inschallah Master leben. "

Während Murat erzählte, hatte Marek die Maschine eingehend betrachtet. Er zwinkerte Murat zu: „Und Du hast nicht zufällig ein bisschen nachgeholfen?" Murat schüttelte empört den Kopf: „Was Du denken von mir?" Marek bückte sich, hob einen daumengroßen Metallzylinder auf, hielt ihn Murat vor die Nase: „Dann sollten wir das hier aber lieber verschwinden lassen."

Murat nahm das Teil, hielt es sich ganz dicht an die Brille, lächelte Marek listig an: „Ich nicht wissen, wo kommen her." Im Handumdrehen war es in den weiten Taschen seiner schmierigen Latzhose verschwunden.

Murat machte sich an die Arbeit. Marek sah ihm einen Augenblick lang zu, kehrte dann zu dem großen Deckel zurück und begann die Muttern, die den Deckel auf dem Gehäuse hielten, zu lösen. Den größten Schraubenschlüssel, den er in seinem Werkzeugwagen fand, setzte er an und zog mit aller Kraft. Beim ersten und zweiten Versuch bewegte sich nichts, beim dritten rutschte er ab und schlug mit dem Schlüssel gegen sein Handgelenk: „Autsch!" Über die Maschine hinweg rief er: „Du, Murat!"

Von dem war nichts zu sehen. „Murat!" Keine Antwort. Marek hakelte seine Jacke vom Wagen, fingerte die kleine Flasche heraus und trank. Er verzog das Gesicht, als hätte er in eine Zitrone gebissen. Die Flasche packte er wieder sorgfältig in die Jacke zurück, legte diese wieder auf den Wagen.

Noch einmal versuchte er mit aller Kraft die Mutter zu lösen. Es gelang ihm nicht. Er suchte die Werkstatt nach einem passenden Rohr ab, das er über den Schraubenschlüssel stecken wollte, um den Hebel zu verlängern. Da er keins entdeckte, ging er zu Murat.

Dieser lag am Werkstattboden und montierte an der Unterseite der Maschine herum.

Marek stieß ihn sanft mit seiner Schuhspitze an. Murat richtete sich auf: „Was geben?" Marek fragte: „Habt ihr keinen Druckluftschrauber oder einen elektrischen?" Murat winkte ab: „Wir haben, aber Kompressor kaputt." Marek staunte: „Aber warum reparieren wir den denn nicht?" „Motorschaden. Motor elektrisch. Elektrisch wir nicht machen. Müssen Motor kaufen. Keine Geld." erklärte Murat.

Marek sagte: „Ich krieg die Muttern nicht auf. Hast Du so was wie 'ne Verlängerung für den Schraubenschlüssel?" Murat stand auf: „Warten, ich haben was." Er hinkte zur Wand neben dem Rolltor. Dort lehnte gleich neben dem Feuermelder ein Werkzeug. So hoch, das es Murat überragte.

Zwei Eisenstangen zu einem T zusammengeschweißt. Die waagerechte, kürzere Stange als Griff. Die lange Stange auf der anderen Seite mit einer Nuss bestückt, so dass man die ganze Konstruktion als einen riesigen Steckschlüssel benutzen konnte.

Marek war Murat gefolgt: „Und der passt?" Murat nickte: „Achtunddreißig. Genau Dein Maß." Marek schulterte das Teil und trug es zur Maschine. Er legte es auf seinen Werkzeugwagen und schob diesen ganz dicht an die Maschine heran. Dann kletterte er auf den Wagen und bugsierte den Riesensteckschlüssel auf eine der Muttern. Marek hatte die eine Seite der Griffstange mit beiden Händen gefasst und versuchte die Mutter zu lösen. Doch sie gab nicht nach.

Murat kam mit seinem Wagen von der anderen Seite herangefahren und stellte ihn neben Mareks Wagen: „Warten. Ich helfen." Mit einem Satz war er auf seinem Werkzeugwagen oben und packte die andere Seite des Steckschlüsselgriffes. Zwei, drei gemeinsame Versuche und allmählich löste sich die Mutter. Sie lockerten sie soweit, dass sie sich auch mit der Hand drehen ließ und setzten den Steckschlüssel auf die nächste Mutter. Wieder dauerte es ein geraumes Weilchen bis sich die Mutter durch ständiges Hin und Her mit dem Schlüssel bewegen ließ.

Schließlich waren alle Muttern lose. Marek und Murat sprangen von ihren Wägen, schraubten die Muttern mit den Händen herunter und sammelten sie in einem Blecheimer.

Als sie damit fertig waren, schlug Murat vor: „Ist Zwölf. Machen Mittag, Marek. Ist zwölf." „Lass uns noch den Deckel runterheben" erwiderte Marek. Murat stimmte zu: „Gut. Aber Essen muss auch sein. Motor ohne Öl laufen nicht."

Murat holte den Gabelstapler. Um die Gabel hatte er ein dickes Hanfseil gewunden, an dessen Enden je eine Schlaufe geknotet war. Das Seil war durch die eine Schlaufe hindurchgezogen und sollte sich bei Belastung festzurren. Die zweite, lose nach unten baumelnde Schlaufe befestigte Marek mit einem Eisenschlegel am Griff des Deckels. Langsam fuhr Murat die Gabel nach oben.

Doch der Deckel hatte sich durch die Erschütterung etwas verkantet und widerstand allen Versuchen, ihn herunter zu heben. Murat stieg vom Gabelstapler und holte ein Brecheisen.

Mit diesem hob er den Deckel auf einer Seite ein kleines Stück an. Marek setzte einen Keil in die entstandene Lücke, so dass der Deckel nicht zurück rutschen konnte.

Murat eilte auf die andere Seite, schob von dort aus das Brecheisen zwischen Deckel und Gehäuse und hob den Deckel auch auf dieser Seite ein Stück an. Wieder setzte Marek einen Keil. So arbeiteten sie sich an der Deckelkante entlang, bis sie den Deckel soweit gelockert hatten, dass die Kraft des Staplers ausreichte, ihn nach oben zu heben und neben der Maschine abzusetzen.

„Komm, Marek! Bald eins, jetzt endlich machen Mittag." „Gut, Murat", antwortete Marek, „und dann helfe ich Dir auf Deiner Seite." Murat führte Marek in ein helles Zimmer neben dem Materiallager.

„Setzen Dich." sagte er zu Marek. Marek nahm an einem kleinen weißen Tisch Platz. Murat holte zwei Assietten aus dem Kühlschrank und schob sie in die Mikrowelle. Er stellte die Temperatur und die Zeit ein. Die Mikrowelle summte. Marek fragte: „Was gibt's denn?" Murat antwortete: „Du Schwein. Ich Lamm. Ich kein Schwein." Marek runzelte die Stirn: „Du isst *kein* Schweinefleisch? Wirklich *nie*?"

Murat nahm zwei Gläser und eine große Flasche Wasser aus dem Schrank neben der Mikrowelle und stellte sie auf den Tisch: „Nie!!!" Er legte noch Besteck dazu, schmunzelte: „Niemals."

Als von der Mikrowelle kurzes Klingeln zu hören war, nahm er die zwei Assietten heraus, stellte eine vor Marek eine auf die andere Seite auf den Tisch: „Passen auf, sehr sehr heiß." Marek entfernte mit spitzen Fingern die Deckfolie.

Murat setzte sich ihm gegenüber an den Tisch und griff zum Besteck. Marek sah auf das Kreuz an der Wand, senkte den Kopf und betete: „Heilige Maria,..."

Plötzlich stand Müller in der Küche: „Das ist aber nicht Dein Ernst mit dem Marienscheiß, oder?" Marek sah auf: „Doch Herr Müller. Sehr sogar." Müllers Augen funkelten: „Und was soll der Quatsch?"

Marek erklärte und Murat sah ihn mit großen Augen an: „In meiner Familie sind alle katholisch. Meine Oma hat mir viel erzählt. Über Jesus und Maria. Über die Himmelfahrt. Vom Alten und vom Neuen Testament." Müller klatschte sich mit der flachen Hand an die Stirn: „Herr im Himmel! So was beklopptes. Hat sie Dir auch vom Weihnachtsmann erzählt? Oder glaubst Du an *den* etwa nicht?" Marek antwortete äußerst ruhig: „Nein, Herr Müller, an den Weihnachtsmann nicht. Und woran glauben Sie?"

„Das ein Pfund Fleisch eine gute Suppe gibt und das Ihr Saubande die Mittagspause überzieht. Aber das glaub ich nicht nur, das weiß ich", polterte Müller, „Auf! Auf! An die Arbeit! Fressen könnt ihr heut Abend noch. Verdammte Scheiße! Die Maschine muss fertig werden. " Zaghaft äußerte Murat: „Wir haben Problem. Vielleicht besser gucken Master." „Ja, verreck!" Müller ereiferte sich, „Kriegen nichts gebacken und sitzen faul hier rum. Euch werde ich zeigen, wie man repariert. Betschwuchteln, elende! Wenn der Jud kommt und die Maschine ist nicht fertig, tret ich Euch so in den Arsch, das der Balkensepp vom Kreuz fliegt."

Müller raste aus der Küche, die Tür krachte ins Schloss. Das Holzkreuz erzitterte.

Marek nahm Murats und sein Essen, schob es in die Mikrowelle zurück: „Komm, wir essen später." Murat trommelte mit den Fingern auf die Tischplatte, raunte: „Gut, wenn er so wollen, soll er haben. Wie er wollen, ganz wie er wollen." Er folgte Marek in die Werkstatt.

Mit Riesenschritten eilte Müller zum Büro, schlupfte hinein, stolperte zum Telefon. Hastig wählte er: „Müller hier. Ich möchte noch mal Herrn Mendel... . Fräulein, hören Sie! Ich will *sofort*... Wie? ... Aus dem Haus? ... Schon auf dem Weg?" Der Hörer glitt ihm aus der Hand, baumelte an der Schnur kurz über dem Boden. Hin und her. „Schon auf dem Weg." flüsterte Müller, folgte mit den Augen der schaukelnden Bewegung des Hörers. Hin und her. „Schon auf dem Weg." Hin und her.

Drei, vier Sekunden, dann wischte er das Telefon vom Tisch, fegte mit einer wuchtigen Handbewegung die Schreibmaschine hinterher, wankte aus dem Büro, schrammte mit der Schulter gegen die Tür.

Marek und Murat kauerten hinter der Maschine. Müller war von der anderen Seite herangetreten, konnte die Beiden nicht sehen. Seine Unterlippe vorgeschoben, sah er auf die Uhr und brummelte: „Das dauert zu lang." Er kratzte sich am Kopf. „ Was mach ich bloß?"

Er umrundete langsam die Maschine. Als er Marek und Murat entdeckte, platzte er heraus: „Faules Pack, elendes! Wollt ihr mir auflauern?"

Er sah, das die Beiden versucht hatten, einen Riemen zu lösen: „Was soll das? Hört auf damit!"

Müller schob seine Daumen hinter die extra breiten Hosenträger, dehnte sie einige Zentimeter von der Brust weg. Mit lautem Knall ließ er die Träger gegen seine Brust schnippen und bestimmte: „Murat hol mir das Schweißgerät, aber: Zack! Zack!" Murat schüttelte den Kopf: „Zu schwer für einen."

Müllers rechte Hand schnellte heran, griff Murat am Hosenlatz und zog ihn nach oben, das er leicht über den Fliesen schwebte: „Nimm den Stapler, Du Rindvieh! Los jetzt!" Er öffnete die Hand. Murat plumpste zu Boden, rappelte sich auf und wackelte davon.

„Und ich?" fragte Marek. Müller antwortete: „Du bleibst hier und reichst mir das Werkzeug. Vielleicht kannst Du ja wenigstens das." Dann machte er sich an der Maschine zu schaffen. Er nahm einen der Keile, die Marek und Murat liegen gelassen hatten und schob ihn unterhalb der Welle in eine Nut im Gehäuse: „Den Hammer!" Marek ging zum Werkzeugwagen und brachte einen Hammer.

Müller sah ihn vorwurfsvoll an: „Bin ich den nur von Idioten umgeben? Was soll ich denn mit *dem* Spielzeug? Einen Vorschlaghammer brauch ich, verdammt noch mal! " Marek erinnerte sich, dass er im Materiallager einen Vorschlaghammer gesehen hatte.

Er holte ihn, lies ihn neben Müller auf den Hallenboden fallen und protestierte leise: „Ich bin kein Handlanger."

Müller warf ihm einen wütenden Blick zu: „Du machst, was ich Dir sage, sonst ist Dein erster Tag auch Dein letzter. Ist das klar, Kreuzkopp?"

Marek ging demonstrativ ein paar Meter zur Seite, hockte sich hin und lehnte sich mit dem Rücken an die Wand.

Müller drosch mit dem Vorschlaghammer solange auf den Keil ein bis dieser fast in der Aussparung verschwand und die Welle ein Stück angehoben wurde.

Von seinem Platz aus sah Marek herüber, rief: „ Herr Müller, ist das nicht zu gefährlich? Die ganze Kiste kriegt Spannung." Müller erwiderte nichts. Erst kletterte er auf die Maschine, dann kroch er halb darunter, schraubte und klopfte, zog und zerrte. Mit bloßen Händen versuchte er die Welle zu drehen. „Komm schon, du Vieh, komm schon."

Die Adern auf seiner Stirn traten deutlich hervor. Kaum merklich drehte sich die Welle ein kleines Stück. Müller ließ von ihr ab. „Es geht", zischte er, „es geht." Ohne in Mareks Richtung zu sehen forderte er mit ausgestrecktem Arm: „Lang mir den Neunzehner rüber."

Marek blieb hocken, starrte vor sich auf den Werkstattboden. „He Kreuzkopp! Den Neunzehner!" wiederholte Müller lautstark, fuchtelte mit dem Arm in der Luft herum. Marek erhob sich: „Krzyskowicz. Mein Name ist Krzyskowicz."

Übertrieben freundlich bat Müller: „Den Neunzehner bitte schön, lieber Herr Krzyskowicz" und es klang wie Schisskofitsch. Marek ging zum Wagen, um den Schraubenschlüssel zu holen. Müller zischte ihm ein „Kreuzkopp!" hinterher.

Im nächsten Moment verfehlte ihn das gewünschte Werkzeug nur um Haaresbreite und klatschte dicht neben Müller gegen den Feuermelder bevor es ihm vor die Füße fiel. Der Aufprall auf dem Feuermelder war jedoch so wuchtig, dass die Scheibe zersplitterte und der Knopf eingedrückt wurde.

Wenig später hörte man das sich nähernde Sirenengeheul eines Feuerwehrautos. Bremsen quietschten, die Tür im Rolltor flog auf und ein mit Vollschutz, Äxten und anderem Gerät bewaffneter Trupp Feuerwehrleute stürmte in die Werkstatt und rollte auch schon einen ersten Schlauch aus.

Müller lief ihnen entgegen, hob abwehrend die Hände: „Fehlalarm! Fehlalarm!"

Er erklärte dem Anführer der Uniformierten:

„Unserem jungen Kollegen ist wohl ein Geist erschienen. Den wollt er verscheuchen und hat dabei den Alarm ausgelöst." Der Oberfeuerwehrmann sah sich kurz um, konnte außer Müller niemanden entdecken. Er schüttelte den Kopf, holte Schreibblock und Stift aus der Innentasche seiner Uniformjacke, machte ein paar kurze Notizen und wollte sich diese von Müller quittieren lassen.

Dieser wehrte ab: „Damit keine Missverständnisse entstehen: Nicht ich habe den Alarm ausgelöst, sondern der Kreuz..., der Schiss..äh, der Marek. Der sieht nämlich immer und überall Gespenster. Jungfrauen und so 'n Zeugs." Der Uniformierte deutete mit dem Stift auf den Block und drückte Müller den Stift in die Hand. Dieser seufzte und unterschrieb. Als die Feuerwehrleute wieder abgezogen waren, brüllte er wie am Spieß: „He Scheiß Kotzfisch, Kreuzkopp!"

Müller sah, das die Tür zum Lager zugezogen wurde: „Komm raus, Du feige Sau, Du katholische!" Er rannte hin, rüttelte an der Klinke. Verriegelt. „Mach auf! Ich schlag die Tür ein!"

Von der anderen Seite kam Murat mit dem Gabelstapler angefahren. Auf der Gabel das Schweißgerät. Er trat mit ganzer Kraft auf die Bremse, kam Zentimeter vor Müllers Füßen zu stehen. Das Schweißgerät rutschte von der Gabel. Müller wurde kreidebleich als das Schweißgerät an ihm vorbei schoss und gegen die Wand prallte.

Murat beugte sich aus dem Fenster: „Was geben Master? Was passieren?" Müller keifte: „Du Narr! Hast Du das Schweißgerät in Istanbul geholt oder was?"

„Nein, Master. Schweißgerät hinter Rohrleitungen. Musste stapeln um."

„Komm runter, Du Drecksack! Wir dürfen keine Zeit verlieren." befahl Müller.

Er sah, dass Murat an ihm vorbei schaute. Er folgte dessen Blick, drehte sich um und wurde aschfahl. Am Eingang stand Mendelsohn.

Zurückgeföhnte weißgraue Haare, braungebrannte Gesichtszüge, dunkler Anzug, auf Hochglanz polierte Schuhe.

Müller eilte auf ihn zu, deutete eine Verbeugung an: „Herr Mendelsohn, Sie sind schon da? Wunderbar. Ganz wunderbar. Das Maschinchen ist so gut wie fertig." Mendelsohn strich sich über seine Fönfrisur: „Was heißt so gut wie? Können Sie es etwa nicht vorführen, Herr Müller?"

Müller stammelte: „Doch, doch. Natürlich, lieber Herr Mendelsohn. Perfekt. Alles perfekt. Ich muss nur noch..." Müller führte Mendelsohn auf die andere Seite, zeigte auf die Welle, die die Maschine mit dem Motor verband.

Er schaute sich um, erblickte Marek und Murat neben dem Gabelstapler, wollte etwas rufen, doch Mendelsohn verlangte: „Schalten Sie schon ein!" Müller holte tief Luft. Mendelsohn beharrte: „Sonst platzt der Deal." Mit geschlossenen Augen drückte Müller auf den Startknopf und bückte sich.

Der Motor brummte, die Welle ruckelte, aber drehte sich nicht. Mendelsohn schaute zu Müller, zur Maschine und wieder zu Müller: „Das war 's dann wohl."

Da, ganz allmählich, setzte sich die Welle in Bewegung, rotierte einmal, zweimal, dreimal um die eigene Achse, wurde schneller und schneller bis die Drehung mit bloßem Auge nicht mehr zu erkennen war.

Müller ging einen Schritt auf die Maschine zu. Mendelsohn tat es ihm gleich. Von der anderen Seite näherten sich mit kleinen Schritten Marek und Murat.

Der Holzkeil rutschte mit jeder Drehbewegung der Welle Stück für Stück unter der Maschine hervor. Als Müller das sah, sprang er zur Seite. Mendelsohn fragte: „Was ist denn los Müller?". „Weg! Weg!" rief dieser.

Im gleichen Moment flutschte der Keil davon, die Welle sackte nach unten, blockierte. Marek und Murat flüchteten hinter den Stapler.

Die Maschine bäumte sich auf, neigte sich zur Seite und krachte mit ohrenbetäubendem Lärm gegen das Rolltor und die Außenwand. Das Rolltor wurde verbogen, die Tür im Rolltor wurde aus den Angeln gerissen, das Dachgebälk knarzte und verschiedene Eisenteile flogen durch die Halle.

Müller lag zwischen der Maschine und dem Rolltor eingekeilt. Er bekam eine Eisenstrebe der Maschine zu fassen, zog sich hoch und konnte sich befreien.

Neben Müller ragte ein Arm aus der Maschine heraus. Mendelsohn war unter der Maschine begraben. Mit viel Glück lag er im Hohlraum oberhalb der Welle und nur sein Arm war festgeklemmt. Wenn nicht, dann...

Blut rann unter der Maschine hervor, bildete eine stetig wachsende Lache. Müller sah zu Marek und Murat, drückte auf den Knopf des Feuermelders und eilte in sein Büro. In der Bürotür drehte er sich noch einmal zu den Beiden um: „Gafft nicht so blöd. Versucht lieber die Maschine anzuheben."

Im Büro nahm er das Telefon vom Boden, stellte es auf den Tisch, wählte eine kurze Nummer und verständigte einen Notarzt.

Durch die halboffen stehende Tür sah er, dass Murat auf den Gabelstapler stieg und versuchte die Gabel unter die Maschine zu bugsieren. Mit Hilfe des Staplers gelang es Murat die Maschine auf der rechten Seite ein Stück nach oben zu drücken. Marek rammte seinen Werkzeugwagen unter die Maschine.

Die Maschine lastete mit ihrem ganzen Gewicht auf dem Werkzeugwagen, als Murat mit dem Stapler zurücksetzte. Murat fuhr schnell nach links, hob auch hier die Maschine an und ließ den Stapler als zweite Stütze stehen.

Marek kroch zwischen Wagen und Stapler in die entstandene Lücke unter der Maschine. Vor sich hörte er Mendelsohn leise wimmern. Er bekam ihn zu fassen, begann vorsichtig zu ziehen. Mendelsohn stöhnte auf. Marek rief: „Murat hilf mir!" Murat sprang vom Stapler, zwängte sich neben Marek.

Müller kam aus seinem Büro gespurtet, schwang sich auf den Stapler, legte den Rückwärtsgang ein und fuhr soweit zurück, das die Gabel die Maschine nicht mehr halten konnte. Die Maschine neigte sich nach links. Müller lachte höhnisch auf: „Jetzt könnt ihr beten! Betet! Betet!"

Der Werkzeugwagen, einseitig belastet, kam ins Rollen, wurde unter der Maschine hervorgepresst. Bevor Marek und Murat reagieren konnten, sauste die Maschine nach unten. Die Halle bebte erneut, ein Teil der Außenwand stürzte ein, das Dach neigte sich.

Als ein Signalhorn zu hören war, stieg Müller vom Stapler, rannte an der Maschine vorbei zum Eingang. Müller setzte den Mechanismus für das Rolltor in Gang. Das Tor, zum Teil aus der Führungsschiene gedrückt, rührte sich nicht, blieb verschlossen. Müller trat Mauertrümmer beiseite und stolperte durch die Türöffnung im Rolltor ins Freie.

Ein Rettungswagen raste an die Halle heran, bremste. Zwei Sanitäter öffneten die Hecktür, sprangen heraus.

Mit einer Trage stürmten sie auf Müller zu: „Wo ist er?" Müller deutete auf die deformierte Maschine und stolperte in die Halle: „Drei! Es sind drei!"

Die Sanitäter schauten sich fragend an, bugsierten die Trage durch die Tür und folgten Müller. Müller stand vor der Maschine: „Da! Sie sind *da* drunter!"

Einer der Sanis schüttelte den Kopf, zog ein Handy aus seiner orangefarbenen Jacke: „Wir brauchen Hilfe." Müller sagte: „Die Feuerwehr müsste eigentlich schon da sein. Wenn man sie mal braucht..."

Dann hörte er die Sirene der Feuerwehr, hörte das Getrappel herbeieilender Feuerwehrleute. Müller ließ die Sanitäter stehen und flüchtete in sein Büro.

Er setzte sich auf den Schreibtisch. Der Schreibtisch wackelte, das Telefon rutschte in seine Richtung. Müller schloss die Augen. Er hörte Stimmen. Stimmen, die erklärten. Lautere Stimmen, die Befehle erteilten.

Das Rumoren, das der Trupp Feuerwehrleute verursachte, als das Rolltor mit Gewalt geöffnet und den Lärm, als mit schwerem Gerät die Maschine angehoben wurde.

Er hörte die entsetzten Schreie, als die Maschine den Anblick dreier zerquetschter menschlicher Körper freigab. Und schließlich hörte er jemanden seinen Namen rufen.

Müller erhob sich vom Tisch, das Telefon rutschte in die andere Richtung. Müller lugte vorsichtig in die Halle. Dort stand der Oberfeuerwehrmann neben zwei Polizisten und einen hochgewachsenen Mann in Zivil.

Der Oberfeuerwehrmann entdeckte Müller: „Herr Müller kommen Sie bitte."

Er winkte Müller zu sich. Müller kam aus dem Büro, blieb neben der geöffneten Tür stehen. Der Mann in Zivil kam auf ihn zu. Einen der beiden Polizisten im Schlepptau. Zwei, drei Meter vor Müller blieben sie stehen.

Der Hochgewachsene stellte sich als Polizeihauptkommissar vor. Er sprach sehr schnell und undeutlich ein paar Sätze, deren Sinn Müller nicht erfasste. Der Kommissar machte eine Handbewegung in Richtung Maschine: „Herr Müller, das werden Sie uns erklären müssen." Müller sagte: „Ein Unfall. Es war ein Unfall..." Der Kommissar unterbrach ihn: „Im Präsidium." Müller stammelte: „Aber... es war ... es war doch ein Unfall..." Der Kommissar blickte auf seinen uniformierten Begleiter: „Abführen!"

Müller traute seinen Ohren nicht, schüttelte den Kopf. Er drehte sich um die eigene Achse, versetzte der Bürotür einen wuchtigen Tritt. Die Tür schabte über den Boden, knallte ins Schloss. Ein Zittern durchlief die Zwischenwand. Der schwächste der Dachsparren brach, ein Stück löste sich und sauste nach unten. Das sirrende Geräusch veranlasste Müller seinen Blick zu heben. Er starrte auf das auf ihn zu rasende klobige Holzstück. Völlig ungläubig.

ANHANG

MAHATMA GANDHI

Mohandas Karamchand; genannt Mahatma Gandhi;

* 2. Oktober 1869 in Porbandar, Gujarat; † 30. Januar 1948 in Neu-Delhi, Delhi) war ein indischer Rechtsanwalt, Widerstandskämpfer, Revolutionär, Publizist, Morallehrer, Asket und Pazifist.

Zu Beginn des 20. Jahrhunderts entwickelte er sich ab Ende der 1910er Jahre in Indien zum politischen und geistigen Anführer der indischen Unabhängigkeitsbewegung. Die Unabhängigkeitsbewegung führte mit gewaltfreiem Widerstand, zivilem Ungehorsam und Hungerstreiks schließlich das Ende der britischen Kolonialherrschaft über Indien herbei (1947), verbunden mit der Teilung Indiens. Ein halbes Jahr danach fiel Gandhi einem Attentat zum Opfer.

Schon zu Lebzeiten war Gandhi weltberühmt, für viele ein Vorbild und so anerkannt, dass er mehrmals für den Friedensnobelpreis nominiert wurde. In seinem Todesjahr wurde dieser Nobelpreis symbolisch nicht vergeben

RICHARD WILLIAMSON

Richard Nelson Williamson (* 8. März 1940 in London) ist ein britischer Vagantenbischof und war einer der vier Vagantenbischöfe der traditionalistischen Priesterbruderschaft St. Pius X. Die Aufhebung der Exkommunikation der vier Bischöfe der Piusbruderschaft, darunter Williamson, durch Papst Benedikt XVI. im Jahre 2009 löste Kontroversen auch innerhalb der römisch-katholischen Kirche aus, da Williamson wiederholt den Holocaust geleugnet hatte.

JOSEPH ALOISIUS RATZINGER

Benedikt XVI. (* 16. April 1927 in Marktl, Oberbayern; lateinisch Benedictus PP. XVI; bürgerlich Joseph Aloisius Ratzinger) ist emeritierter Papst und war vom 19. April 2005 bis zu seinem Amtsverzicht am 28. Februar 2013 Oberhaupt der römisch-katholischen Kirche und des Staates Vatikanstadt. Er war der erste deutsche Papst seit Hadrian VI. (1523).

Vor seinem Pontifikat war Benedikt XVI. zuletzt Dekan des Kardinalskollegiums und Präfekt der Kongregation für die Glaubenslehre. Er galt als einer der einflussreichsten Kardinäle und in theologischen und kirchenpolitischen Fragen als rechte Hand seines Vorgängers Johannes Paul II. Im Konklave am 18. und 19. April 2005 wurde Joseph Ratzinger zum 264. Nachfolger Petri gewählt.

JORGE MARIO BARGOGLIO

Papst Franziskus (lateinisch Franciscus PP.; bürgerlicher Name Jorge Mario Bergoglio

* 17. Dezember 1936 in Buenos Aires, Argentinien ist seit dem 13. März 2013 der 266. Bischof von Rom, Oberhaupt der römisch-katholischen Kirche und Souverän des Vatikanstaats. Er ist der erste Lateinamerikaner und der erste Jesuit in diesem Amt.

Seit 1958 ist Bergoglio Jesuit. 1969 wurde er Priester, 1998 Erzbischof von Buenos Aires und 2001 Kardinal.

MARTIN LUTHER

Martin Luther (* 10. November 1483 in Eisleben, Grafschaft Mansfeld; † 18. Februar 1546 ebenda) war der theologische Urheber der Reformation. Als zu den Augustiner-Eremiten gehörender Theologieprofessor wollte er Fehlentwicklungen der Christentumsgeschichte und in der Kirche seiner Zeit überwinden.

Seine Betonung des gnädigen Gottes, seine Predigten und Schriften und seine Bibelübersetzung, die Lutherbibel, veränderten die von der römisch-katholischen Kirche dominierte Gesellschaft in der frühen Neuzeit nachhaltig. Entgegen Luthers Absicht kam es zu einer Kirchenspaltung, zur Bildung evangelisch-lutherischer Kirchen und weiterer Konfessionen des Protestantismus

MARGOT KÄßMANN

Margot Käßmann, geborene *Schulze* (* 3. Juni 1958 in Marburg), ist eine deutsche evangelisch-lutherische Theologin und Pfarrerin in verschiedenen kirchlichen Leitungsfunktionen. Sie war unter anderem Mitglied im ÖRK (1983–2002), Generalsekretärin des Deutschen Evangelischen Kirchentages (1995–1999), Präsidentin der Zentralstelle für Recht und Schutz der Kriegsdienstverweigerer aus Gewissensgründen (seit 2002), Landesbischöfin der Evangelisch-lutherischen Landeskirche Hannovers (1999–2010) und Ratsvorsitzende der Evangelischen Kirche in Deutschland (EKD) (2009–2010). Im Februar 2010 trat sie nach der polizeilich festgestellten Straftat einer Autofahrt unter erheblichem Alkoholeinfluss von Bischofsamt und EKD-Ratsvorsitz zurück. Seit 27. April 2012 ist sie „Botschafterin für das Reformationsjubiläum 2017" im Auftrag des Rates der EKD.

ROBERT ENKE

Robert Enke (* 24. August 1977 in Jena; † 10. November 2009 in Eilvese bei Neustadt am Rübenberge) war ein deutscher Fußballtorwart.

Am 10. November 2009 nahm sich Enke an einem Bahnübergang unweit seines Wohnorts Empede das Leben. Noch zwei Tage zuvor hatte er am 12. Bundesliga-Spieltag für Hannover 96 das Tor gehütet. In einer Pressekonferenz wurde bekanntgegeben, dass er seit 2003 mehrfach wegen Depressionen in psychiatrischer Behandlung war. In seinem Abschiedsbrief bat er Angehörige und Ärzte um Verzeihung.

TOM SIMPSON

Tom Simpson (* 30. November 1937 in Haswell, County Durham; † 13. Juli 1967 am Mont Ventoux) war ein englischer Radrennfahrer.

Simpson galt als einer der besten britischen Radprofis. Zu trauriger Berühmtheit gelangte Simpson vor allem durch seinen Tod an den Hängen des Mont Ventoux während der Tour de France 1967. Er lag im Gesamtklassement zwar etwas zurück, hatte aber die Hoffnung, durch einen Angriff an diesem Tage das Blatt zu wenden. Er ging zunächst in Führung, wurde dann aber überholt. Kurz vor Erreichen des Gipfels kollabierte Simpson, stieg noch einmal aufs Rad, um wenige Augenblicke später wegen Herzstillstands erneut das Bewusstsein zu verlieren. Trotz sofortiger Herz-Lungen-Wiederbelebungsversuche verstarb er noch am Rand der Straße. Ein Journalist, der nicht vor Ort war, hat ihm später die letzten Worte „Setzt mich wieder auf mein Rad" zugeschrieben. Auch wenn dieses Zitat nicht tatsächlich ausgesprochen wurde, hat es dennoch einige Bekanntheit erlangt.

Im Nachhinein wurde ermittelt, dass Simpson Aufputschmittel (Amphetamin) und Alkohol zu sich genommen hatte. Der Obduktionsbefund war Dehydratation. Ein Jahr zuvor waren erstmals Doping-Kontrollen bei der Tour vorgenommen worden. Schon 1965 hatte Simpson in einem Interview mit der Zeitschrift „The People" zugegeben zu dopen, was damals niemand schockierend oder aufsehenerregend fand.

GÜNTER KIRSTE

Strafanzeige gegen Organspende-Funktionär

Von **Christina Berndt** in Süddeutsche.de

16. November 2012, 09:19 Organstransplantation

Seit Monaten kämpft Günter Kirste, Vorstand der
Deutschen Stiftung Organtransplantation (DSO), gegen
Presseberichte, die seine Arbeit und die seiner
Organisation **kritisieren**. Die krisengeschüttelte DSO
koordiniert alle **Organspenden** in Deutschland. In diesen
Tagen wächst sich das angespannte Verhältnis des DSO-
Vorstands mit der Presse zu einer handfesten
Auseinandersetzung aus.

Soeben hat die **Berliner Tageszeitung taz** bei der
Staatsanwaltschaft Frankfurt **Strafanzeige gegen Kirste**
und einen seiner Mitarbeiter "wegen Abgabe einer
falschen **Versicherung** an Eides statt" gestellt. Mit einer
eidesstattlichen Versicherung hatte Kirste im
vergangenen Juni unter Androhung von bis zu 250.000
Euro Ordnungsgeld eine einstweilige Verfügung gegen
die taz erwirkt.

In der vergangenen Woche hat die Bundesärztekammer
einen bislang geheim gehaltenen Bericht an die Presse
gegeben; die darin festgestellten Tatsachen werfen kein
gutes Licht auf die Behauptungen Kirstes. In der
Auseinandersetzung zwischen ihm und der taz geht es
um einen Zeitungsbeitrag über eine Organspende, die
im Dezember 2005 in **Düsseldorf** stattgefunden hat.

Wie zuvor auch die **Süddeutsche Zeitung** berichtet hatte, war dort der Hirntod des Spenders vor der Entnahme seiner Organe womöglich nicht so gründlich untersucht worden, wie es das Transplantationsgesetz mit guten Gründen verlangt. Welcher Organspender möchte schon, dass ihm Herz und Nieren bei lebendigem Leib entnommen werden? Mindestens zwei Ärzte müssen daher zu jeweils zwei verschiedenen Zeitpunkten den Hirntod feststellen, sofern sie keine technischen Hilfsmittel wie ein EEG verwenden.

Als jedoch dem Spender in Düsseldorf die Organe entnommen wurden, lagen nicht alle Protokolle über die erforderlichen vier Hirntoduntersuchungen vor. Weil eine Krankenschwester den Fall anzeigte, befasste sich die für die Prüfung solcher Vorgänge zuständige Überwachungskommission der Bundesärztekammer mit der Sache. Schließlich ist die Organentnahme ohne richtlinienkonforme Hirntodfeststellung strafbar.

Der nun bekannt gewordene Bericht der Überwachungskommission vom Februar 2010 könnte die eidesstattliche Versicherung des DSO-Vorstandes in Frage stellen. Kirste hatte behauptet, dass "alle vier Untersuchungen stattgefunden haben". Eines der vier Protokolle sei "lediglich bei der Entnahme selbst nicht mehr auffindbar" gewesen, "vermutlich weil es in eine falsche Akte abgelegt worden war."

Dies bezweifelt die Überwachungskommission: Das fehlende Protokoll tauchte auch nach der Organspende nicht mehr auf. "Die Bemühungen der Kommission um das fehlende Protokoll blieben erfolglos", schreiben die Prüfer in ihrem Bericht. "Seine Existenz ist unwahrscheinlich in dem Sinn, dass mehr und Wichtigeres dagegen als dafür spricht."

So habe sich nicht einmal der Name des Arztes eruieren lassen, der die fehlende Untersuchung durchgeführt haben soll. Auch wurde nie ein Arzt für die Untersuchung honoriert. Die Kommission bemängelt "die Erinnerungsschwierigkeiten" von DSO-Mitarbeitern, die ihr angesichts der Tatsache, dass ihnen "die Brisanz der Sache bewusst" gewesen sein muss, "problematisch erscheinen".

GEORGE WALKER BUSH

George Walker Bush meist abgekürzt George W. Bush
(* 6. Juli 1946 in New Haven, Connecticut), ist ein US-
amerikanischer Politiker der Republikanischen Partei
und war von 2001 bis 2009 der 43. Präsident der
Vereinigten Staaten.

Nach Unternehmertätigkeit in der Ölindustrie wurde
Bush 1994 und 1998 zum Gouverneur von Texas
gewählt. Bei den US-Präsidentschaftswahlen 2000
gewann er gegen den Demokraten und amtierenden
Vizepräsidenten Al Gore. Bei den US-
Präsidentschaftswahlen 2004 wurde er wiedergewählt.

Als Reaktion auf die Terroranschläge am 11. September
2001 leitete Bush einen Krieg gegen den Terror ein,
darunter den Krieg in Afghanistan seit 2001 und den
Irakkrieg. Für beides fand er bei politischen Gegnern
Unterstützung. Sein Ansehen sank nach den hohen
Kriegsverlusten, dem Hurrikan Katrina und der
Finanzkrise ab 2007.

Bush ist Angehöriger einer wohlhabenden und
einflussreichen Familie. Sein Großvater war der
Unternehmer und Senator Prescott Bush. Sein Vater
George H. W. Bush war der 41. US-Präsident. Sein
Bruder Jeb Bush war von 1999 bis 2007 Gouverneur von
Florida.

KARL ROVE

Karl Christian Rove (* 25. Dezember 1950 in Denver, Colorado) war bis zum 31. August 2007 stellvertretender Stabschef des Weißen Hauses, Parteistratege und politischer Berater der Republikanischen Partei in den USA sowie einer der wichtigsten Berater von George W. Bush.

HENRY KISSINGER

Henry Alfred Kissinger (* 27. Mai 1923 in Fürth als *Heinz Alfred Kissinger*) ist ein US-amerikanischer Politikwissenschaftler und ehemaliger Politiker der Republikanischen Partei. Der jüdische Deutschamerikaner Kissinger spielte in der Außenpolitik der Vereinigten Staaten zwischen 1969 und 1977 eine zentrale Rolle; er war Vertreter einer harten Realpolitik wie auch einer der Architekten der *Entspannung* im Kalten Krieg. Von 1969 bis 1973 war Kissinger Nationaler Sicherheitsberater, von 1973 bis 1977 US-Außenminister. 1973 erhielt er gemeinsam mit Lê Đức Thọ den Friedensnobelpreis für das Friedensabkommen in Vietnam. Von 1977 bis 1981 war Kissinger Direktor der einflussreichen privaten US-Denkfabrik Council on Foreign Relations.[1]

Zeitfracht Medien GmbH
Ferdinand-Jühlke-Straße 7
99095 Erfurt, Deutschland
produktsicherheit@kolibri360.de